Inge Thöns · Bitterkraut

D1660226

Edition Phantas Schloß 10

Inge Thöns

Bitterkraut

Gedichte

Urachhaus

Wort:
trockenes Brot,
Wasserstelle im Karst,
genug für den Auszug
der Kinder.

Neunzehnhundertsechsundachtzig

VERLASSEN SICH

Anfänge,
während ich haste,
kommen,
haste um das verarmte Leben.

Sie aber
auf ihrem Weg des Gelüfts,
Ankömmlinge
in erschütterndem Blau,
wachsen so auf.

*E*iner dieser Fürsten
hatte sich Winckelmanns
Description des pierres gravées
du feu baron de Stosch
binden lassen,
cardinalrot,

auf den Vorsätzen
immer derselbe Pinselhieb
blauer Tinktur
gebäumt, das Meer
von Ost nach West,
das die Nachricht anwarf,
Mord, rücklings,
über die Treppe
noch das Seil um den Hals,
sechs Stunden Triest:

»L'expression d'Ulysse est admirable;
son Attitude
tenant d'une main l'Outre funeste,
son Geste de l'autre,
l'Air de son visage,
tout parle et rend au vrai
sa cruelle situation.«

Als Johann Winckelmann zu sterben begann,
zog keiner das Seil ihm vom Hals,
blau anlaufend
kroch er die Treppe hinunter
und wieder herauf,
bis einer die Schlinge löste;

und auch Kaspar Hauser
schleppte den Leib
siebenhundert Meter
vom Hofgarten bis zum Meyerschen Haus,
die Hand auf den Stich
gepreßt,
drei Tage nach innen das Blut,
ja sie verhörten ihn;

als heute jemand erschossen wurde,
einer
von fünf Namen oder fünfzig oder mehr,
sahen wir zu,
denn im Zusehn sind wir geübt,

und während die Erde langsam
das Blut aufsog
und den Lebenshunger stillte,

machen wir weiter,
»das Essen steht auf dem Tisch,
war es nicht grauenhaft,
lauter Schaulustige,
gib mal das Fleisch rüber,
heute abend

müssen wir in die Schleyer-Halle,
Folklore,
wie hieß der Bürgermeister,
den sie umgebracht haben,
immer diese Pop-Musik
zwischen den Meldungen.«

Während du, Erde, in deinen Armen
das Tuch aus Dunkelstern hältst,
die Opfer zu hüllen. Ach,
nur die Toten bringen Lebende hervor
und lieben.

BERICHT VOM BÜRGERKRIEG

Sie schleppten
den Gefangenen zu dem Gerüst,
sie prügelten ihn hinauf,
daß der Schuh, zerrissen
von der Sohle bis zum Rist,
an der Kante hängenblieb
und der Gefangene stolperte. Er stürzte,
hieb das Kinn gegen den Stahl,
schmeckte Metall und
fremder, sättigend
das eigene Fleisch.

Jemand trat auf seine Hand so,
daß er auffuhr,
Blut und Haß spie, aber dann
war auch diese Kraft vorbei.

Angewidert mehr als gierig nach der Tat,
zerrten sie ihn höher,
schrien sich Mut und Hohn zu.
Seine Beine schleiften unten,
schwollen in Betäubnis.

Nun aus hellen Handschuhn
schlugen sie die Stöcke
auf den Rücken, auf
den Magen, auf
die Hoden ihm.

Ach, er warf die Arme um sich,
der Gefangne,
flatterte, und hundert Flügel flatterten.
Und sie brauchten sich des Galgens
nicht mehr zu bedienen.
Haltlos glitt
am scharfen Glas der Luft er
in die Tiefe.

Dort, nach einer Weile, sah er liegen
    sich.
Sah von oben her
    den Leib dort liegen,
sah
    den aufgebrochnen Schuh,
    das kotbedeckte Leder.
Ganz allmählich rückte sich
das in die Weite ihm,
mehr und immer mehr.

Und er sagte
– in einem Abstand von unendlichem
Beginn des Lichtes –
sagte, in diesen Lichtmantel gehüllt:
»Hört doch auf! Denn ihr verwundet euch
an meinem Tod.«

Und er legte seinen Arm noch
um die Schulter dessen,
der die Leiche
mit den Stiefeln vor sich her stieß,
bis sie in die Grube fiel,

und er sagte ihm,
des eignen Lebens ansichtig,
rief ihm zu:
»Um Gottes willen, Bruder,
erbarm dich deiner!«

Und er ging dem Tauben nach,
die Leiter abwärts,
später auch den Weg mit
in den Abend.

Lange floß sein Licht noch
in den Schatten
eines seiner jungen Mörder.

GEFANGEN 1

*W*enn es tagt,
halte ich Ausschau
nach meinem Tod,
nach dem Skelett
des Kranzes, nach der
zwanzig Minuten-Versammlung,
bevor sie die Tür
öffnen.

Denn ich lebe
in einer geschlossenen
Gesellschaft,
die sich meiner
annimmt
und den Weg weist
und mir Tür und Tor
öffnen wird.

GEFANGEN 2

*O*b ich noch lebe,
nicht bloß Leben träume
oder den Leib von weitem
beschaue,
ein abgelegtes Gehäus?

Es entsetzt mich
das Wunder,
aufzufahren
aus dem Totenhemd,
hier aufzuerstehen,
im Fleisch.

Manchmal des nachts,
wenn ich den Rücken dreh
unter desinfizierten Stäben
der Fenster,
seh ich die Sonne:
vom Pflücken geschwärzt
strahlt ihre Frucht.

GEFANGEN 3

*I*rgendwo
auf der Pritsche liegen,
irgendwo
dich abgelegt haben,

statt deiner
mit den Nägeln
Mörtel aus der Wand kratzen,
damit etwas geschieht,

warten
auf ein Menschwerden
von Figuren,
dich im Geschirr der Jahre
verwarten,
rückfällig gen Himmel.

Irgendwo
zwischen ausgehobener Erde
gehen,
weggehen können,
Wand an Wand,

dich vereinen.

*D*ie nicht spielen
spielen Tod.
Die nicht sprechen
versprechen sich.
Die nicht lieben
erzeugen sich Verlierer
im coitus intellectus.
Sie überaltern langsam,
werfen
im Kreise hockend
die Knöchel,
schlagen hurtig
auf ihre Schenkelhälse,
erhecken Listen;
Gewinner unter sich.

Lachende Hände Schüttelnde.
Sie lassen Wüsten welken
und Ernten vergraben
und Ostern Väter sterben
　　– die auferstehn,
und Michaeli Kinder verhungern
　　– die wiederkommen:

Sie verlassen sich auf sich.

Nur Schuppe,
nur Horn,
für den Wind nicht erreichbar,
dem Dorn ohne Gift;
und dem Kreuze
ein einziges Niederweinen.

Angesicht
ohne Gesicht;
nur hörnerne Haut
rückwärts getürmt
bis unter den Rauch

und dem Kreuze
ein einziges Niederweinen.

*I*ch gebe dir
    mein Hemd,
    den Mantel
    und die Schuh,
was willst du noch,
sind wir nicht Brüder,
also nimm und
werde endlich wie ich bin,
was bist denn du
    ohne mein Hemd,
    den Mantel
    und die Schuh
auf der Landkarte des Lebens –
Pakete Spenden und Verträge,
nimm sie hin;
das Opfer, das noch fehlt,
gib du.

Nicht mehr
aus noch ein wissen
nicht den Eingang bezeichnen können
den Ausgang nicht kennen
Ausflüchte suchen
und finden
Ausgänge verbarrikadieren
den Eingang verwehren
Zugänge schließen
unzugänglich sein
verschlossen bleiben
Beschlüsse verfassen
in schlechte Verfassung geraten
auf der Stelle treten
sich verstellen
übertreten
in Kauf nehmen
auf Kosten anderer
sich jemanden kaufen
verkauft werden
auf Kosten der Gesundheit
aus Gesundheitsgründen zurücktreten
ausweglos
weglos
sich einen guten Abgang verschaffen
rechtschaffen
den letzten Gang allein gehen
zu Ende gehen
in die Geschichte eingehen
nicht den Ausgang kennen.

VERENGUNG DES WINTERS

*D*er du in frühen Nächten
dem Kind ein Bruder warst,
ein Sterngewicht nur,
zwischen Ährenduft und Granne
Korn,

und erst viel später
an dem eilfüßig Verlorenen
ein Wehe
und dann, erschreckender,
vergeßnes Ungeheimnis:
Tod.

Tagtäglich jetzt
stirbt man sich fort.
Du gehst vorbei.
Ein fremder Fährmann führt,
ohn Vaterunser unbedeutend
angewöhnt,
auf fremdem Strom
dein Boot.

Während wir dachten
zu retten was zu retten sei,
Bruder, vor dir,
bist du entkommen.

GRABUNG

*A*ls Kind erhoffte ich
Welt,
grub Erde von Erde,
rollte den Stein,
zog Euphrat
durch das gehäufelte Beet,
auch Tigris
unterm Gewölb der Weide.

Liegen Steine noch
am Ort
sommers auf der Kruste, heiß
im verscherbten Land.

Liegen Sterne wieder
dort an dem leeren Schacht.
Händler summen
vor dem Tor.

*B*äume,
herangewachsen
seit Yggdrasils
schäumendem Kamm
für blaues Genist
der Ewigboten,

und nun
vor gekreuzigtem Himmel
Sterbende
in die Erfahrnis,
Schattenskelette
in unsere Lust.

Und wären doch Menschen
zu schauen,
wie Bäume gehend
zwischen Himmel und Erde.

1986

Kam eine alte Frau daher,
im Morgengrauen,
klopfte an die Tür,
hatte den Korb auf dem Rücken
voller Kräuter,
wollte nichts verkaufen,
fragte nach Bitterkraut,
für den Garten.

Kam auch ein alter Mann
im Morgengrauen,
trug am Joch
zwei Eimer Wassers,
klebte ihm Salz im Bart,
wollte nichts tränken,
fragte nach einem Fisch.

Saßen welche drinnen
um den leeren Tisch,
hatten jetzt den Riegel vorgelegt,
das Licht gelöscht,
hatten Angst
vor dem Kind,
das kommen wird.

1 *F*üße,
die noch zeigen, daß
wir Menschen sind.

Während
der Kopf
die Triebwerke
hinauslacht,
unaufhörlich
im Brechreiz
des Erfolgs
hinaus
lacht;

und das Herz
eingestellt ist, damit
zwischen
hier und dort,
zwischen
leben und töten
es Schritt halten
könne,

gleichgeschaltet
produktiv,
unser aller top
business
aushalten
könne.

2 Füße des verhungerten Säuglings.
Füße der Flüchtlinge.
Füße der Gefangenen.
Füße der Gefolterten.
Füße der Erblindeten.
Füße der Wahnsinnigen.
Füße der Erschossenen.

3 Brannte nicht unser Herz?

GEBOREN IN DEUTSCHLAND, 1943.

«et mon cœur n'est que vos pas»

*B*leiben
in Gesichtern von Entflohenen,
erinnern
ohne den Beistand der Engel –

Auf dem Wege
zur Geburt
leben:
Ich bewegte mich
gegen den Strom,
zwischen Toten
zwängte ich mich hindurch,
die Umstülpung der Erde
geschah
mir,
sie stieß ihre Toten aus
auf verschüttetem Wasser,
Wind zu Asche,
Feuer zu Feuer.

Keiner,
der mich entzieht
dem Blutpaß
über dem Gestirn,
aus dem die Propheten quollen,
aus dem sie schrien,
ihre Flucht vor der Nachflucht
der Massen,

Esras Schultern aufgebäumt
im Wahnsinn.
Denn er entsetzte sich
rücklings.

Verfrühte,
dem Sonnenwind
entgegengelehnt,
Ankömmlinge,
die das verkohlte Lamm trugen.

In Blicken hängen,
darüber
der Einblick des Cherub,
in Flammengesichter einwehen,
darin
der eine, zerstörte Christus.
SEIN LEUCHTEN
INMITTEN.
In aufgetriebenen Leibern
sein –
denn sie hatten nicht Zeit,
sich loszulassen.

Einflüchtende
recken die Erde
zwischen die Brauen
des Vaters,

daß Mit-Leid
die Äonen tränke.

Ausgeworfen
aus dem kreißenden Leid
mit dem Auftrag der Geburt,
ausgewiesen
unter die Orte der Erde,
zwischen Auschwitz
und Dachau
mein Leben zu bringen.

Und ich weiß nicht,
wer ich hinzu bin
in unserem Versengtsein.

Das Brausen
des Menschen
nächtigt das Herz.

TURMALIN MEIST SCHWARZ

FRÜHLICHT

*H*immelsnetz
für mutige Schläfer
wiegt Rückengestirn,
wiegt Ammer und Lerche,
die arglosen Melder.

Sterngrüne Nähe,
von Küste zu Küste
Frühlicht der Boten,

Erdleib
taucht auf.

*D*er Herbst
beschickt
die Nebel
lichträumig.

Vögel hüpfen
durchs offene
Labyrinth.

Schon senken
Blätter sich
am Geäst,
üben das Lose,
üben die Schwere,

fallen
von einem Wachstum
zum andern.

*I*mmer,
wenn er unter die Kommenden geht,
versiegle die Tür,
die Fensterläden hol ein,
stell Thymian auf
und frischen Salbei
in der Schale.

Denn es könnte sein,
daß er, das Dunkel durchbrechend,
vor dich hintritt
und zu essen fordert,
für deinen Weg,
und von den Ölen braucht,
um ihn zu gehen.

1 *D*ie welke Hand
eingerollt
wie ein Farn.
Adernbaum,
der am Wasser stand,
stürzte.

Umspült von Vergessen,
umspült von Erinnern
formt sich das Lichte.

2 Sieh, den Toten,
blühend im Quarz,
immer doppelgesichtig,
immer tatenbedeckt
vor den Augen des Cherub.

Die Flamme auf dem Mund,
Rauch in der Hand,
ein Opfergewölk
vor den Augen des Cherub.

3 Schläft einen Traum
wacht einen Schlaf
über Schnee,
über das Gebirge
weithin –

wacht einen Schlaf,
erhebt sich,
erhebt das Gespräch
sterndraußen –

Schwer ist es, die Gesichter
der Toten zu sehen,
schwerer noch die von Engeln.

Zwar gehen sie oft
am Leben entlang.
Doch was besagt das,
solange du erschrickst,
wie Hase und Fuchs
beim Anblick des Menschen.

Gleichwohl geben sie
das Zähmen nicht auf,
legen von Zeit zu Zeit
den Arm um deine Nähe.

Und du, beim Betrachten
der schmaleren Hände,
der nutzlosen Nägel,
in so viel Blau,
nenn' es Mantel, nenn' es Gewand,

kannst du wissen,
wer hier die Grenze durchbricht,
du, oder einer von ihnen?

Schwer ist es, das Gesicht
des Engels zu sehen.
Schon seine Hände
sind zu gewaltig
im Opfer,
zu rein.

*D*ie geben
nehmen weniges,
von uns
nicht Brot,
nicht Wein.

Sie kommen und heilen.

Jeden Abend
kehren sie um
mit leeren Händen,
an Küsten
die Sandnaht entlang
und über die westlichen
Wasser,

während im Rücken
Schiffe aufziehen,
großräumige Leiber,
für die Nachfolgenden,
die zertrennten,
die atemlosen.

Nur Kinder
lassen sich hören,
rufen Boote
herbei.

*E*inige,
die Wache halten
vor Morgengrauen,
blicken
von der Anhöhe her
auf die weiße Ebene,
wo die Bäume stehen.

Vereinzelte
im Schweißtuch der Not
zünden
dort unten
die Feuer an,
klamm von Kälte und Hunger,
spannen
das Tuch aus Gebet
über die ganze, die
tagnächtige Erde.

Die Wachen
auf dem hohen Kamm
geben die Botschaft
weiter. Einige aber,
im Aufwind der Beter,
betreten
das Land.

*B*lauflamme
im Granit,
Erzgesicht läßt sich verbergen,

wiegt das Nötige
im Salz,
höhlt die Mulde:
für Opferöle
oder Tau,

je nach Passanten,
je nach Ziel.

Keiner mehr,
der ausruhen könnte
gestützt von Gebeten,
auch Weise nicht,
denn die Lehne des Rückens
ist zersprungen,
der Sternwind fährt
über das Hautbespannte,
übers Gebein.

Gestern noch
im Tastsinn der Wirbel
war Safran und Sonne,
waren die Engel
mit dem Erinnern befaßt
und hoben es zu sich.

Also tritt vor das Tor
deiner Ängste,
halt Ausschau nach Eingerolltem,
nach Himmel,
er wird vor die Füße
dir fallen.
Dann küsse die Erde neu
und schlage das Bündel auf:
siehe, dein Weg,
und geh deine Zeit
zu Ende.

*B*eschwichtige
das Herz
mit dem Anblick
der Hagebutte.

Kommt Frost,
wird die Drossel
die Frucht
in den Flug
übers Schneefeld
verwandeln.

Als ich sah,
daß die Sonne
die Schwärze
trank,
traf Erinnern das Herz,

und ich legte die Perlmuttgewichte
beiseite
und schlüpfte fort
in die schwelenden Aschen
und schnitt die Grünflöte
aus dem Rauch; heimlich
begab ich mich auf den Weg,

ohne die Füße
ohne die Augen
ohne Gehör –

und ich schlug
an die Pforte,
dir zu sagen,
daß ich schon heute
für dich zu tanzen begann.

*D*er Asphalt lag grau, einige Zeit schon vom Regen nicht gewaschen. Strünke von Löwenzahn steckten am Rande da und dort. Es roch nach Öl und Abgasen der Autos, die an den parkenden vorbeifuhren. Zwei Frauen trugen, was sie zu Mittag brauchten, heim. Plötzlich trat einer in die Leere der Straße und

füllte sie
mit seinem Gehen,

zog
Schritt vor Schritt
unendliches
Kommen
heran

in der Leichte
seiner Füße,
in der Leichte
seines Lichtes

und wandelte
seinen Weg
näher und
näher.

*F*üße aus Wind, immer
am Anfang
zu gehen, immer
den Himmel
zu schaffen
in neuer Schwebe
von Licht,
in neuer Schwinge
Gebild.

Kommender an
die mundtoten Prahler,
die herztoten Häuser,
die Kruste,
den Kern.

Noch rufender
schweigen zu müssen.

Füße aus Schmerz, immer
am Anfang
zu gehen, immer
den Menschen
vor Augen,
Schattenwurf auf
die nahenden
Füße.

*S*chon
die Handvoll Korn
dem Ufer
drüben
angeworfen,

während
der Leib
noch versucht
gegen den Strom
zu schwimmen.

Wasserfährte

*G*espräch
ist mehr als Sichelstrich,
ein Tragen
jenseits der Gewichte,

ist ohne Frage
von Frühabend, von Flutheimkehr,
dem Schlaflied
oder Wurzelschlag,

ein wechselseitiges
Hinübermüssen.

*V*ielleicht, daß wir
die Stimme ändern,
den Gang des Liedes,
vielleicht ein Stillhalten
der Blicke am Teich,

während Kraniche
den Schwingenzug
verzögern, spreizen,

während die hochblütigen
unter den Rosen
in die Knospen
der Bäume fahren
und über der Nacht
Gestirne sich zusammentun,
über das Unsere zu beraten –

Vielleicht, daß wir
die Gesichter
nach innen kehren,
in die fließende Wegordnung,
dem anderen entgegen.

Jeder kommt
mit dem Auferstehen
beladen.

Zuweilen gelingt
ein Übermaß
von Lichtwurf
zwischen den glücklichen Griff
der Hände.

Wer von der Frucht
Abschiede nimmt,
gibt die gefüllten Speicher
frei,

Granatkern bricht auf,
Mitte und Sternenhut.

*D*u zur Nacht,
meine leise Duldsamkeit,

fernauf fernab
einander entgegengehen,

wir haben die feinen
Glockenmäntel
umgehängt

und läuten uns zu –

Still werde ich an dir
– Traum aus deinem Sein
ungeboren zwischen Sternen –
werde ich an dir,
aufgeblüht in dem Verwandten:
dein Singen über dem Raum.

Seher,
die das Kohlenbecken füllen,
gestern und übermorgen,
für die Spanne
der Begegnung,

halten die Tarnkappe
uns hinter das Feuer,
vorbei die Zeitenfabel.
Tönt der Tempelgong,
neigt die Schale sich.

Wir aber vermeinen Liebe –

*H*alte die Hand
bloß, ohne Schwere
an Lichtwind und Meere –

dort,
wo der Inselsaum
Räume von Leben,
Geben und Nehmen
ertauscht.

Steigende Flut
hebt zum Angesicht
Spiegel,
leise Gefälle
von Licht,

stäuben und sprühen
fremde Gesänge,
berühren die Hand.

Dein Abend
liegt geradeaus,

wo
Pferde
über die Pacht
jagen.

Die Hirten
mit krummen Rücken
hocken hellweiß.

Bestell das Blumenfeld, Frau,
sprechen sie.

Der Wind
bauscht ihre Mäntel,
treibt sie dahin dorthin.

*E*iner ist immer,
der die Schafe
bespricht.

Zupft Wolle,
bläst
über die Handmulde.
Mit Feuerzeichen
oder auch Rinde
umsteckt er den Pferch.

So still,
sagt er manchmal
und lauscht.

Denn die Leiber
wittern
das Dröhnen
der Erde.

*E*in Vogel ruft
die Ewigkeit
hoch.

Ägyptische
Strahlenhände
streichen den Morgen
nördlich auf.

Die Wasserfährte
des Schwanes
vollendet
die Nebel.

*W*irf den Fang aus,
zuviel schon zuviel
ist in die Hände gespannt.

Morgen wirst du hinübergehen
auf einer Feuerwolke.

Die Stunde der Sternenschiffer
kommt dir voraus,
die Gewißheit von ihrer Ankunft
wetterleuchtet am Horizont,

und du wirst ihnen sein
ein ungeborenes Kind
im Tau der Verantwortung.

*D*ie Stunde steigt,
Baumkronen ädern
die Himmel im Schattenwurf.

Das Aufrechtgehen
mag ein Geheimnis sein
aus dem Feuerofen,
noch immer stärkt
die zu Ende gefragte Glut.

Ungebeugt.
Ein Gott
hat den Schrei hochgenagelt,
die Bejahung.

*E*s ist an der Zeit,
die Meergeborenen
schlüpfen aus.

Nur die Narren
halten die Molen
für uneinnehmbar,
sprühen Funken
über die geschärften
Angelhaken.

Aber die Dachfirste
sind schon besetzt
und schillern
schuppenhäutig,
das Mittaggeläut
zieht den Schwungkreis
jenseits der Sonne.

Es ist an der Zeit
die neuen Brote
auszuteilen
und aufzusuchen
den Wal.

Sie haben Asche
angerührt
im Regentrog,
die Quellfrau
ist eingeschlafen,
der Fenriswolf
sprengt die Kette,
schützt der Gezähmte,
wenn er den Mörder tötet?
Auf der Straße
schüttet sich die Ungnade aus,
lacht, ein grelles Weib, lacht,
verkauft Mörtel
und andere Sorten von Staub.

Einer birgt
in flammender Hand
eine Blume, namenlos,
hält Wettlauf
mit der Dürre.

Zwei tragen
eine letzte Schlangenhaut
über die Köpfe gespannt.

Drei graben
eine Höhle auf,
einen Kristalleinlaß,

entzünden Licht.

ERDE

1 Nacht tropft
in das Erdherz,
Gestirn,
das keine Hand hält,

kein Ruf
pfändet die Last
den Einsamen;
Fremdlinge
aus dem Sonnenkreis –
welcher Abschied
in die Zelle der Geduld.

2 Wo sind die Lieder
hörbar
– und die Nähe,
die sich Verklärung
schafft?

Träume fallen,
dunkeln die Form:

göttliche Auswanderer
in den Tod.

3 Meere fluten Klage,
Tanggespinste im Sand.
Dennoch die Malvenfrühe
über den ruhenden Flächen.

Wassermond
spült Embryone,
Erde,
in dein Gesicht,

Hoffnungskorn
in schmaler Muschel
liegt fremd,
unsagbar ungeboren.

4 Zur Unzeit
haben die Vergeßlichen
das Reisig gebündelt,
die Feuerkrone
hochgeworfen.

Nun blitzen Gebisse
in die Nacht,
die Sporen
stechen
die Ernte.

Wer reicht noch
an den Fünfton
der Hirten
und spielt
die olivgrüne Sprache –

5 Schwerttanz teilt die Lüfte,
Schrei
aus zerfressenen Herzen.

Wo Eise splittern,
Lichtpfeile
die Tempel
durchätzen:
um den Preis
der Klingelbeutel
wird Stille atemlos.

6 Oh Erde,
deine Träume nach
dem Horizont.

Ist kein Kind, das nicht
in den schwarzen Armen
der Gezeichneten
trinkt.

7 Nachwort der Schöpfung,
stündlich kreisen
große Vögel,
pocht der Atem
den Tagherzen,
Leiberketten,
und zerspringen nicht.

Moorerz wartet auf
Winterschmelze,
die großen Vögel
zehren vom Eis.

8 Wenige Flüge sind möglich,
aus dem Stein

und dem frühen Brot
für die Versehrten.

Trinken die Himmel
die Meere aus.
Manch einer wohnt
schon im Kristall,
die Prismaschärfe
zu üben –

Denn der Aufstieg
aus dem Leintuch
gelingt nicht mehr
ohne Befragung
der Engel.

9 Landzungen fliehen
hinter dem Vogelzug,
die Eberesche
wirft ihre Perlen fort.

Schattenspieler begegnen einander,
hüten die Legende.
Kalkbrand der Dämmerung
löscht Basthaar im Wind,
die behörnten Opfermasken,
die letzten Aschentänze.

10 Auch die Freien,
die Narbenträger,
wecken den Liebenden
Gesichte.

INHALT

Neunzehnhundertsechsundachtzig

VERLASSEN SICH

TURMALIN MEIST SCHWARZ

Wasserfährte

CIP-Titelaufnahme der Deutschen Bibliothek

Thöns, Inge:
Bitterkraut : Gedichte / Inge Thöns. –
Stuttgart : Urachhaus, 1988
ISBN 3-87838-555-2

ISBN 3-87838-555-2
© 1988 Verlag Urachhaus Johannes M. Mayer GmbH, Stuttgart. Alle Rechte, auch die des auszugsweisen Nachdrucks und der photomechanischen Wiedergabe, vorbehalten. Umschlag und Typographie Roswitha Quadflieg, Hamburg. Satz und Druck der Offizin Chr. Scheufele, Stuttgart.